August Berger

18 Vorlegeblätter zum Schönschreiben in deutscher und englischer Current Schrift für höhere Schulen und zum Selbstunterricht

Antigonos

August Berger

18 Vorlegeblätter zum Schönschreiben in deutscher und englischer Current Schrift für höhere Schulen und zum Selbstunterricht

Unveränderter Nachdruck der Originalausgabe von 1866.

1. Auflage 2024 | ISBN: 978-3-38610-236-0

Antigonos Verlag ist ein Imprint der Outlook Verlagsgesellschaft mbH.

Verlag: Outlook Verlag GmbH, Zeilweg 44, 60439 Frankfurt, Deutschland, info@outlook-verlag.de
Vertretungsberechtigt: E. Roepke, Zeilweg 44, 60439 Frankfurt, Deutschland
Druck: Libri Plureos GmbH, Friedensallee 273, 22763 Hamburg, Deutschland

Vorlegeblätter
zum
Schönschreiben in deutscher und englischer Current-Schrift
für höhere Schulen und zum Selbstunterricht
von
AUGUST BERGER.
Nördlingen.- Lithographie und Verlag der C. H. Beck'schen Buchhandlung.

a b c d e f g h i j k l m n o p q r
s ß t u v w x y z ch ck ß ff st tz

A B C D E F G H I J K L M N O P
Q R S T U V W X Y Z

a b c d e f g h i j k l m n o p q r s t u v w x y z   ff fl fi ffl ß ft ch ck

A B C D E F G H I J K L M N O P Q
R S T U V W X Y Z

1 2 3 4 5 6 7 8 9 0. 1866.

Rath nach der That kommt zu spat.

Der lange Tag hat auch seinen Abend.

Undankbarkeit ist des Teufels Gebetbuch.

Reich ist, wer einen gnädigen Gott hat.

Wer an den Weg baut, hat viele Meister.

Kranken Augen thut das Licht weh.

Arbeit hat bittere Wurzel, aber süße Früchte.

Wenn nichts im Mörser ist, klingt er am lautesten.

Sicherheit ist des Unglücks nächste Ursache.

Zornes Ausgang ist der Reue Anfang.

Das Gewissen ist des Menschen Schuldbuch.

Ohne klugen Steuermann scheitert das beste Schiff.

Es ist nicht allen Bäumen eine Rinde gewachsen.

Es ist kein Krüglein, es findet sein Deckelein.

Wenn die Gelegenheit grüßt, muß man ihr danken.

Ein schlafender Fuchs fängt kein Hühn.

Je höher das Grab, je näher die Taufe.

Alte Pinsel brauchen viel Schmieraus.

Es ist nicht allen Bäumen eine Rinde gewachsen.

Es ist kein Krüglein, es findet sein Deckelein.

Wenn die Gelegenheit grüßt, muß man ihr danken.

Ein schlafender Fuchs fängt kein Huhn.

Je höher das Grab, je näher die Taufe.

Alte Wägel brauchen viel Schmierens.

Je höher gestiegen, desto schwerer der Fall.

Jeder Tag hat seine eigene Plage.

Man muß nicht nach einer jeden Mücke schlagen.

Im Fluge wachsen die Schwingen.

Gut Gewissen geht über tausend Zungen.

Wer im Zorn handelt, geht im Sturm unter Segel. H

Je höher gestiegen, desto schwerer der Fall.

Jeder Tag hat seinen eigenen Plage.

Man muß nicht nach einer jeden Mücke schlagen.

Im Fluge wachsen die Schwingen.

Gut Gewissen geht über tausend Zeugen.

Wer im Zorn handelt, geht im Sturm unter Segel. H

Je höher gestiegen, desto schwerer der Fall.

Jeder Tag hat seine eigene Plage.

Man muß nicht nach einer jeden Mücke schlagen.

Im Fluge wachsen die Schwingen.

Gut Gewissen geht über tausend Zeugen.

Wer im Zorn handelt, geht im Sturm unter Segel. H

Graph. 5 7 4°

Berger

Nördlingen.- Lithographie und Verlag der C. H. Beck'schen Buchhandlung.

a b c d e f g h i j k l m n o p q r s

b c t u v w x y z   st tt ß sch ch tz

A B C D E F G H I J K L M N O P

Q R S T U V W X Y Z Z.

a b c d e f g h i j k l m n o p q r s t u v w x y z   st tz st ll st ß st ch äü

A B C D E F G H I J K L M N O P Q U

R S T U V W X Y Z Z

1 2 3 4 5 6 7 8 9 0 1866.

Rath nach der That kommt zu spat.

Der lange Tag hat auch seinen Abend.

Kartenspiel ist des Teufels Gebetbuch.

Reich ist, wer einen gnädigen Gott hat.

Wer an dem Weg baut, hat viele Meister.

Kranken Augen thut das Licht weh.

Arbeit hat bittere Wurzel, aber süße Frücht.

Wann nichts im Mörser ist, klingt er am lautesten.

Sicherheit ist des Unglücks nächste Ursache.

Zornes Ausgang ist der Reue Anfang.

Das Gewissen ist des Menschen Schuldbuch.

Ohne weisen Steuermann scheitert das beste Schiff.

Es ist nicht allen Bäumen eine Rinde gewachsen.

Es ist kein Krüglein, es findet sein Deckelein.

Wenn die Gelegenheit grüßt, muß man ihr danken.

Ein schlafender Fuchs fängt kein Huhn.

Je höher das Grab, je näher die Sense.

Alte Stiefel brauchen viel Schmierens.

Je höher gestiegen, desto schwerer der Fall.

Jeder Tag hat seine eigene Plage.

Man muß nicht nach einer jeden Mücke schlagen.

Im Fluge wachsen die Schwingen.

Gut Gewissen geht über tausend Zungen.

Wer im Zorn handelt, geht im Sturm unter Segel. W

Die Welt ist ein Rosenstrauch. Wenn ihre Rosen längst verblüht sind, sind ihre Dornen noch immer da.

Man muß sein Glück in sich selbst, und dadurch einen Ersatz für Güter finden, welche das Schicksal uns versagt.

Die menschlichen Urtheile sind wie die Uhren, keine geht recht, aber jeder traut der seinigen.

Eine reiche Hand vermag Wunden zu pflegen, an denen oft ein ganzes Menschenleben kränkelt.

Gesprochenes Wort, verschossener Pfeil, verlebte Zeit und versäumte Gelegenheit kehren nie wieder zurück.

Das Beherrschen unserer Leiden fängt erst dann an, wenn wir im Stande sind, von ihnen zu schweigen.

Der Stolz frühstückt mit dem Ueberfluß, speist zu Mittag mit der Armuth und ißt zu Abend mit der Schande.

Unsere guten Werke sind bloße Nullen, der Glaube aber ist die Zahl, die ihnen erst einen Werth gibt.

Der Tod unserer Geliebten ist nicht Zufall, sondern Gottes Schickung. Es gebührt uns also auch bei diesem, wie bei allen anderen Ereignissen, uns in Gottes Rath zu ergeben und Gott durch Unterwerfung und Geduld zu ehren.

Jeden Tag betrachte als ein neues Leben. Thue nicht eher einen Schritt in dieß neue Leben, als bis du überlegt habest, was dir an diesem Tage begegnen könne, was du thun, wie du dich unter allen Umständen verhalten wollest.

Ein Jeder ist nur so viel werth, als er nützt.

Als Georg III. König von England dem Lord Chien das große Staatssiegel überreichte, schenkte er ihm, wie gewöhnlich, zugleich eine kostbare Uhr. Das Siegel an derselben war mit den Bildnissen der Religion und Gerechtigkeit geschmückt. — „Geben Sie der Gerechtigkeit," fügte Georg hinzu, „keine Binde über die Augen, wie man sie gewöhnlich darstellt. Sie muß nicht blind sein, sondern Alles mit hellen Augen sehen können. Ich hoffe, Mylord, daß alle Ihre Entscheidungen das Gepräge der Religion und Gerechtigkeit tragen werden."

Ein guter Fürst muß sein, wie man die Natur des Apollo bildet, ein Schwert in der einen Hand, eine Leier in der andern. Er muß Kraft anwenden, um seinen Nachbarn Ehrfurcht einzuflößen, und Güte, um die Liebe seiner Unterthanen zu gewinnen.

Die verstorbene Königin Luise von Preußen beschäftigte sich gerne mit der deutschen Geschichte. Die Zeiten des alten Ritterthums gewannen so sehr ihr Wohlgefallen, daß sie den ritterlichen Wahlspruch: "Recht, Glaube, Liebe" auf ein Petschaft stechen ließ. "Wenn ich aber noch einen Wahlspruch annehmen sollte," setzte sie hinzu, "so ist es der: "Gott ist meine Zuversicht.""

Jeder Fortschritt auf der Bahn des Guten ist Annäherung zum Ziele. Mag das Ziel noch so weit entfernt bleiben wir sind ihm doch näher gekommen, und haben eine Ewigkeit vor uns, in der wir uns ihm immer mehr und mehr nähern und unserer Vollkommenheit entgegenreifen können.

Liebe ist wie der Thau. Sie fällt auf Rosen und Nesseln.

---

a bb c dd e ff ff g hh i kk ll m n o pp q rr

ss tt u v w x y z z

A B C D E F G G H I K
L M N O P Q R S T U V
W X Y Z

I II III IV V VI VII VIII IX X

Die Zeit ist der beste Arzt. A A A

Der Sinkende greift nach einem Strohhalm.

Der Ruf ist ein Vergrößerungsglas. V

Wie das Haupt, so die Glieder. B Bild

Ehre ist der Tugend Schatten. E E T J

Gute Antwort bricht den Zorn. G A C

Man muß gut sein, nicht gut scheinen.

Jeder Tag hat seine eigene Plage. P Z

Feuer fängt mit Funken an. H F H H

Gut Recht bedarf oft guter Hülfe. R R S

Zufriedenheit geht über Reichthum. R

Gott grüßt Manchen der ihm nicht dankt.

Unsere Schicksale kommen aus uns selbst, wie die
Wolke nur aus der Erde. I E K N

Nur im Leiden empfinden wir recht vollkommen alle
die großen Eigenschaften, die nöthig sind um es zu ertragen.

Das tugendhafte Herz wird wie der Körper, mehr
durch Arbeit als durch gute Nahrung gesund und stark.

Es reifet das Große, das Gute nur langsam, aber es reifet gewiß zur herrlich erquickenden Erndte.

Zum Vater bleibe nur der Blick gewendet, und nie verschmachtet in der Brust das Herz.

Vertrauen zu Gott bringt Rath vom Himmel, der so sanft niederthaut wie der Regen aus Wolken.

Die Religion ist wie das Firmament. Je mehr man dasselbe untersucht, desto mehr Sterne entdeckt man. Sie ist wie das Meer, je mehr man dasselbe beobachtet, desto unendlicher scheint es. Sie ist wie das Gold, je öfter man es auf die Kapelle bringt, desto glänzender wird es.

Das Gewissen der Menschen ist wie ein Berg, an dem: der Donner Gottes vom Sinai in millionenfachem Echo wiederhallt. Je ferner von ihm, desto schwächer die Stimme.

Wer sich viel über Dankbarkeit beschwert ist ein Taugenichts, der niemals aus Menschlichkeit, sondern aus Eigennutz Andern gedient hat. Wenn man es für seine Schuldigkeit hält, zur Glückseligkeit der Menschen, so viel man kann beizutragen, so wird man sich nicht darum bekümmern, was die Gutthaten für eine Wirkung auf die andern Gemüther, in Absicht unser, hervorbringen.

Lebe, um zu lernen, lerne, um zu leben.